Brancura

F●SF★R★

JON FOSSE

Brancura

Tradução do norueguês por
LEONARDO PINTO SILVA

EU DIRIGIA SEM PARAR. Era bom. Era boa a sensação de estar em movimento. Sem saber para onde estava indo. Apenas dirigia. O tédio havia se apoderado de mim, logo de mim, que nunca me deixei afetar por ele. Nada que me passasse pela cabeça me animava. Por isso decidi fazer alguma coisa. Entrei no carro e fui para onde ele me levasse, se no caminho houvesse uma curva à esquerda ou à direita, eu virava à direita, e se, no cruzamento seguinte, pudesse virar à direita ou à esquerda, eu virava à esquerda. E continuei dirigindo assim. Acabei enveredando por uma estrada no meio da floresta, e os sulcos no chão foram se aprofundando até que senti o carro patinar. Segui em frente, até o carro finalmente empacar. Ensaiei dar uma ré mas não consegui, então estanquei de vez. Desliguei o motor. Fiquei sentado no carro. Pois bem, cá estou eu agora, cá estou eu agora sentado, pensei, e me senti vazio, como se o tédio tivesse se transformado num vazio. Ou, melhor dizendo, numa espécie de agonia, porque senti um medo em mim enquanto estava ali com o olhar fixo adiante, fitando o vazio, como estivesse diante do vácuo. Do nada. Que conversa é essa, pensei. Diante de mim está a floresta, só a floresta, pensei. Então foi até a floresta que esse ímpeto de dirigir me trouxe. Poderia dizer de outra maneira, que alguma coisa, não sei bem o quê, me conduziu a alguma outra coisa, fosse lá o que fosse, a uma coisa distinta. Contemplei a floresta à minha frente. A floresta. Sim, árvores próximas umas das outras, pinheiros, um pinhal. E entre as árvores o solo marrom, ressequido. Eu me senti vazio. E também com essa agonia. Do que eu sentia medo. Por que estava com medo. O medo era tamanho que não consegui nem sair do carro. Não me atrevi. Quer dizer, eu estava aqui, nessa estrada, no meio da mata, para onde dirigi e fiquei preso, quase onde a estrada termina. Vai ver por isso senti essa agonia, porque deixei o carro empacar no fim de uma estrada no meio da floresta, e bem aqui, no fim dessa estrada, não havia espaço para manobrar. Não lembrava, depois que peguei essa estrada, ter passado por algum trecho em que pudesse retornar. É bem possível. Sim, porque se eu tivesse avistado um retorno decerto teria parado o carro e dado meia-volta, pois dirigir por uma estrada tão estreita cortando essa paisagem de colinas onduladas não diminuía minha agonia, pelo contrário, só a aumentava. Mas não passei por nenhum retorno, provavelmente era isso que eu esperava acontecer o tempo todo, sim, avistar um lugar adiante para encostar o carro, engatar ré, avançar um pouco, talvez repetir esse movimento algumas vezes, sim, até conseguir manobrar e voltar para a rodovia, e então prosseguir para algum lugar, mas para qual, para um lugar em que tivesse gente, e lá eu pudesse comprar alguma coisa para comer, quem sabe um cachorro--quente, ou talvez, podia muito bem ser, chegar a uma lanchonete no acostamento da rodovia para fazer uma parada e comer. Era bem possível. De repente me dei conta de que já haviam se passado dias, não lembro quantos, desde a última vez que tinha feito uma refeição decente. Se bem que provavelmente é sempre assim com quem mora sozinho. Cozinhar é um estorvo, sim, é bem mais fácil recorrer ao que está à mão, uma fatia de pão, se houver pão em casa, com o que estiver na geladeira, na maioria das vezes maionese pura e simples e umas fatias de salame. Mas isso lá é coisa para ficar remoendo, como se eu não tivesse coisas mais importantes com que me preocupar. Mas com o que então. Que estupidez me perguntar, até mesmo pensar sobre isso. Estou com o carro preso numa estrada na floresta, não tem ninguém por perto, e não consigo tirá-lo daqui, então suponho que isso já seja o bastante para me ocupar, sim, ocupar a cabeça, como se diz, me ocupar imaginando como tirar o carro daqui. Pois o carro não pode ficar preso aqui como está agora. Óbvio que não. Tão óbvio que chega a ser uma bobagem pensar isso. Cá estou eu olhando para o carro e ele apenas me devolve o olhar, estúpido. Ou será que esse olhar estúpido é o meu. Repare como ele parece estúpido ali, enganchado num montinho, como se diz, no meio da estrada, que se prolonga mais alguns metros até se transformar numa trilha pelo coração da floresta. Que diabos eu vim fazer nesse lugar. Por que vim dirigindo até aqui. Por que eu tinha que inventar isso. Por que motivo agi assim. Nenhum motivo. Nenhum. E por que dirigi até essa estrada no meio da floresta. Por puro acaso, talvez. Sim, não há outro nome para isso. Mas o acaso, o que é mesmo. Não, não vou começar a pensar essas baboseiras. Nunca leva a nada. O que preciso agora é fazer meu carro andar. E depois manobrá-lo. Mas há outra coisa. Sim, porque não passei por nenhum retorno, se tivesse passado já teria feito esse retorno há muito tempo, porque dificilmente haveria lugar mais entediante para dirigir do que essa estrada no meio da floresta. Nada além de colinas suaves e de uma fazenda abandonada, sim, só podia estar abandonada, porque havia tábuas pregadas nas janelas da casa. A pintura, aliás, estava em péssimo estado, em alguns lugares já nem havia tinta. E metade do telhado do celeiro tinha desabado. É triste ver uma casa caindo aos pedaços. Lugares com os quais ninguém se importa. Mas por que alguém haveria de se importar. Antes de estar em ruínas era, sim, uma bela casa. Eu teria gostado de morar numa casa daquelas, gostaria de ter vivido naquela casa pela qual passei, mas mais cedo na vida, quando eu era jovem, não agora. Evidente que eu não moraria numa casa naquelas condições. No estado em que estava, é óbvio que ninguém moraria nela, nem pessoas nem sei lá o quê. Animais, talvez. Sim, talvez algum animal tenha se abrigado ali dentro. A casa deve estar tomada por ratos. Até ratazanas devem ter se mudado para lá. Quer dizer, não importa. Gente na casa não havia, certamente não, e do que eu precisava agora era encontrar pessoas, sim, alguém que tivesse um carro, ou de preferência um trator, para me rebocar daqui. Mas na casa da fazenda por onde passei não havia ninguém, certeza. Em seguida percorri um bom trecho sem avistar nada além das colinas, até reparar numa cabana no topo dessa estrada na floresta, que até parecia bem cuidada, mas as cortinas da janela estavam fechadas, logo não havia ninguém na cabana também, certeza. Então eu deveria prosseguir pela rodovia para encontrar alguém. E agora que estou remoendo isso me dou conta de que não passei por tantas casas assim na rodovia, tudo em volta estava deserto, mesmo depois da última curva que fiz à esquerda ou à direita, como vou saber. Será que eu teria mesmo passado por alguma casa no último trecho da rodovia que percorri. Talvez. Talvez não. De todo modo foi um longo trecho, a rodovia provavelmente não se estenderia muito mais e eu teria de retornar dali, se não tivesse virado à esquerda e começado esse percurso na estrada da floresta. Porque se houvesse casas ali, no lugarejo às margens da rodovia, não, não que eu tivesse notado, daria na mesma se eu tivesse virado à direita ou à esquerda, pois nesse caso tampouco teria me ocupado observando casas. Casas, verdade seja dita, não era o que me passava pela cabeça. Com isso não quero dizer que não tenha cruzado uma ou outra casa. Claro que não. O mais provável é que eu tenha cruzado várias casas. E nas casas que eu devo ter cruzado haveria pessoas morando. Pelo menos em algumas delas. Pois se ninguém morasse ali, por que razão haveria uma rodovia. Claro, havia casas ao longo da rodovia pela qual eu tinha acabado de passar, quer dizer, acabado não, já fazia um bom tempo, antes de ter virado à esquerda, antes de ter avistado uma espécie de estrada vicinal, sim, uma estrada que cortava a floresta, e começado a percorrê-la. Mas o caminho até a rodovia era longo, e o tanto que eu teria de caminhar até encontrar uma casa, não, isso não, melhor nem mencionar. E quando finalmente encontrasse uma casa qual a garantia de ter alguém lá e, mesmo se tivesse, qual a garantia de haver um carro à disposição ou que o dono do carro estivesse em casa. Se bem que quem vive ali precisa ter um carro. Ou talvez não. Antes, ninguém tinha carro. É possível que passassem ônibus por ali. Talvez fosse assim. Muito provavelmente eu devo ter cruzado uma pequena fazenda, e lá haveria um trator, um pequeno trator, um motocultivador que fosse. Um motocultivador poderia facilmente rebocar meu carro do montinho em que estava preso agora. Mas era um longo caminho a percorrer desde a estrada da floresta até a rodovia, e provavelmente, digo melhor, com certeza era um longo caminho a percorrer pela rodovia até chegar à primeira casa. Talvez eu devesse fazer mais uma tentativa de desatolar o carro engatando a primeira e em seguida a ré. Para a frente, para trás. De novo e de novo. Para a frente, para trás. Foi o que tentei, mais uma vez. Sentado com o olhar à frente, como se não olhasse para nada, apenas estivesse sentado ali. Passado um tempo acho que começou a nevar, devo ter visto a neve caindo muito tempo atrás, mas demorou para que eu refletisse a respeito, me desse conta, mas a neve tinha começado a cair, não era muita, mas flocos de neve rodopiavam pelo ar e eu, ali sentado, fiquei tentado a acompanhar essa dança, primeiro observando um floco de neve, depois outro, uma vez que conseguisse acompanhar a trajetória de um floquinho eu o acompanhava, no começo até que não era tão difícil, embora não fosse possível acompanhar a trajetória de um floco de neve desde tão longe, mas à medida que começou a nevar mais forte ficou difícil, irritante mesmo, e então parei de tentar, só fiquei sentado olhando para a frente e cheguei à conclusão de que, agora que tinha começado a nevar, seria mais difícil ainda desatolar o carro, se antes já era difícil agora seria simplesmente impossível. O melhor a fazer então era conseguir alguém que me ajudasse a tirá-lo dali. Mas nesse caso eu não podia ficar sentado no carro, tinha que sair e tentar encontrar alguém. Só que não sabia aonde ir para encontrar alguém, a fazendinha pela qual passei estava abandonada, não havia ninguém na cabana que eu tinha avistado e o trecho até a rodovia era longo. Por que eu tinha dirigido tanto. Talvez porque apenas dirigi sem pensar nisso, não fiquei pensando na distância que estava percorrendo. Sim, deve ter sido por isso. Mas e agora, o que fazer. Sim, eu simplesmente tinha que encontrar alguém com um trator, ou um carro, que pudesse rebocar meu carro. Mas essa era a questão. Aonde eu poderia ir para encontrar essa pessoa. Teria que retornar até a rodovia e depois caminhar até uma casa onde houvesse pessoas que teriam um carro ou um trator, pessoas que moravam num local tão remoto teriam um carro, certeza. Pelo menos se fossem mais jovens, os mais velhos em geral não tinham carro, acho que nunca tiraram carteira de habilitação, de vez em quando passam ônibus nesses locais tão ermos, pois quanto mais eu dirigia mais deserto era o lugar, sim, eu virei à esquerda e dirigi até poder virar à direita, para depois virar à esquerda de novo, e continuei assim até chegar aqui e não conseguir avançar. Sim, foi assim. E agora não devo, não posso, esperar mais. Agora é preciso fazer alguma coisa, está nevando como se não fosse mais parar. E eu sentado apenas assisto à neve cair, ou valar, se é que se pode dizer assim. E será que não estaria esfriando um pouco. De fato está. Nesse caso creio que posso simplesmente ligar o motor, coisa de que não tinha me dado conta antes, pois o carro tem um bom aquecedor. Aciono o motor e ponho o aquecedor no máximo. Faz um zumbido alto. Não demora muito e um jato de ar quente começa a soprar na minha direção, um jato de ar nitidamente perceptível. É bom sentir o calor. E não vai demorar muito até que todo o carro esteja aquecido. A neve agora cobre todo o para-brisa e eu aciono os limpadores. Vejo que parou de nevar, e lá fora o chão está branco, assim como as árvores da floresta. É bonito de ver. As árvores brancas, o chão branco. E agora está quente e agradável no carro. Mas não posso ficar sentado no carro. Preciso encontrar alguém. Deve haver uma trilha cortando a floresta, essa trilha tem que dar em algum lugar e nesse lugar deve ter alguma pessoa. Então talvez eu deva caminhar um pouco por essa trilha. Provavelmente devo esbarrar em alguém. Acho que é isso que preciso fazer. Onde há trilha é provável que haja pessoas. Certeza, eu penso. Na floresta, quem sabe não tão longe assim, deve haver alguém. Basta procurar. Por isso não posso simplesmente ficar sentado no carro. Preciso sair. Preciso me embrenhar na floresta. Preciso encontrar alguém. Não adianta ficar só no carro. Desliguei o motor, tirei a chave da ignição e guardei no bolso da jaqueta. Lá vamos nós, eu disse, me levantei, saí do carro e fechei a porta pensando em trancá-la, mas logo percebi que não seria necessário, porque se alguém quisesse roubar o carro, muito bem, que tentasse, ninguém seria capaz de tirá-lo dali, nem o ladrão nem eu. Pois bem. Dei alguns passos e percebi que estava caminhando na neve. Uma fina camada de neve havia se assentado no chão. Percebi que meus sapatos deixavam rastros na neve. Percebi que o carro estava coberto de neve. A estrada também estava coberta de branco, e era difícil ver exatamente por onde a trilha seguia, ela mal estava visível, pelo menos foi essa a impressão que tive. Entrei na floresta, enveredando pela trilha, ou pelo que eu supunha ser a trilha, que serpenteava entre as árvores. Bastava continuar avançando até chegar a uma casa onde houvesse pessoas, alguém que me ajudasse a desatolar o carro para que eu pudesse voltar para a rodovia. Provavelmente teria que percorrer a longa estrada da floresta de ré, não, espere, como seria possível, pensei, eu poderia manobrar diante da cabana por onde passei, talvez até antes, claro que sim. E mesmo que fosse um longo caminho até a cabana das cortinas fechadas, não era tão longe, não seria tão complicado chegar de ré, certeza, pensei. Eu só tinha que encontrar alguém. Aquele era o único pensamento que me passava pela cabeça naquele momento. Encontrar alguém. O jeito era encontrar alguém logo. Encontrar alguém que me ajudasse, mas como, pensei, porque não fazia sentido enveredar pelo breu da floresta esperando encontrar pessoas. Nunca tinha feito isso na vida, primeiro atolar o carro na floresta, depois me embrenhar por ela procurando ajuda, como pude achar que haveria alguma ajuda na floresta, na mata escura, que ideia, não, ninguém em sã consciência chamaria isso de ideia, era mais um impulso, uma coisa assim, algo que simplesmente me ocorreu. Tolice, era o que era. Pura tolice. Estupidez. Estupidez pura e simples. O porquê de agir assim eu nunca entendi. Mas nunca, em toda minha desgraçada vida, havia feito algo assim, e como poderia, já que nunca tinha enveredado por uma floresta no final do outono e tão tarde, logo vai escurecer, logo não consigo nem ver onde estou e então, bem, então não vou chegar a lugar algum, nem mesmo encontrar meu carro, não, como alguém pode ser tão estúpido, não, isso é pior que estupidez, isso é, não, nem tenho palavras para descrever. Além do mais, não vejo quase nada, está um pretume aqui no meio das árvores. E, como se não bastasse, tem a neve. E o frio. Estou congelando. Sim, estou congelando de verdade, sinto um frio que nunca senti. Se ao menos eu pudesse voltar para o carro, girar a chave na ignição, ligar o aquecedor, deixar me invadir pelo calor, como se diz. Deixar o calor penetrar em mim. Aqui no meio da floresta escura. Além disso estou exausto. Preciso descansar um pouco. Mas onde posso me sentar. Ali, bem ali, aquilo não seria uma pedra. Sim, é uma pedra grande e redonda bem no meio da floresta, uma pedra perfeita para sentar, e de um tronco acima dela pendem galhos, bem no alto, como um telhado. E nos galhos se acumula a neve branca. Branca é a neve em que piso, e branca é a neve ali, nos galhos. E então bem na minha frente há uma pedra, grande e redonda e moldada como se fosse um assento. Preciso descansar um pouco. Preciso sentar na pedra. Acho que consigo, embora esteja sentindo muito frio. Estou até tremendo. Mas estou tão cansado. Preciso sentar na pedra. Vou e sento na pedra. Sentindo o mesmo cansaço de antes, tremendo igual. Agora que estou sentado na pedra talvez sinta ainda mais frio do que quando estava de pé e avistei a pedra, muito mais do que quando estava caminhando entre as árvores. Sendo assim, não seria bom sentar aqui nessa pedra. Não consigo descansar e congelo ainda mais. Preciso ficar de pé. Não posso ficar sentado aqui nessa pedra. Levanto. Preciso encontrar alguém, ou então volto para o carro e amanhã tento encontrar alguém, sim, quando estiver claro, sim, talvez até faça sol. Pois o sol pode muito bem surgir e aquecer bastante o dia, sim, mesmo nessa época do ano. Se ao menos eu soubesse por onde ir para chegar até o carro, mas não sei. De qualquer modo preciso caminhar, em qualquer direção que seja, talvez retornando pela trilha, simplesmente seguindo minhas próprias pegadas de volta ao carro. Porque minhas pegadas devem estar bem visíveis na neve. Sim, posso fazer isso. É o que vou fazer. Vou tentar. Pois o que mais poderia fazer. Seja como for, não posso simplesmente ficar sentado aqui numa pedra, certeza. Mas está tão escuro que provavelmente será difícil enxergar as pegadas, mesmo que eu encontre a trilha. Preciso ficar de pé. De qualquer modo, só me resta seguir numa ou noutra direção, e provavelmente encontrarei a trilha. Qual direção seguir já não sei e, como não sei, posso seguir em qualquer direção. O que preciso mesmo é começar a andar. Eu vou. Vou em frente. Não acredito que isso possa terminar bem. Vou congelar até morrer. Se não acontecer um milagre, vou morrer congelado. Quem sabe tenha sido exatamente por isso que vim para a floresta, porque queria morrer congelado. Mas não quero. Eu não quero morrer. Ou será que é exatamente isso que eu quero. Mas por que eu desejaria morrer. É justamente isso o que não quero, e por isso quero encontrar meu carro, para me aquecer. E agora estou caminhando, agora estou andando o mais rápido que posso, porque me aqueço um pouco, pelo menos assim parece, estou um pouco mais aquecido do que quando estava sentado na pedra. Continuo andando. Logo chegarei ao local onde está o carro. É o que preciso fazer. Não fui tão longe assim na floresta. Não caminhei tanto assim. Mas quanto caminhei, e por quanto tempo, isso eu não sei. Muito não foi, e não pode ter demorado tanto. Mas agora está tão escuro. Paro por um minuto. Fito o pretume da escuridão, é como se nada pudesse ser visto, apenas o breu. Olho para cima, para o alto, e vejo um céu negro sem estrelas. No coração da floresta, sob o céu negro. Continuo parado. Escuto o silêncio. Talvez seja só maneira de falar. E, se agora tenho de me manter longe de alguma coisa, é de metáforas. Essa escuridão me amedronta. Tenho medo, é simples assim. Mas é um medo tranquilo. Um medo sem angústia. Mas será que estou mesmo com medo. Ou não passa de uma palavra, esse medo. Não, é como se tudo dentro de mim estivesse em algum tipo de movimento, não, não um só, mas vários movimentos desconexos, movimentos confusos, desordenados, desajeitados, irregulares. Sim, é isso. Em pé, encaro a impenetrável escuridão. E vejo que a escuridão se transforma, não, não a escuridão em si, mas alguma coisa se destaca na escuridão e vem ao meu encontro. Agora percebo nitidamente. Alguma coisa está vindo na minha direção, e talvez seja uma pessoa. Ou sei lá o quê. Sim, deve ser uma pessoa. Mas não pode ser uma pessoa. Não é possível que seja uma pessoa, não aqui nem agora. Mas então o que seria. Identifico uma silhueta, e parece ser uma pessoa. Pois não poderia ser outra coisa, ou poderia. Permaneço imóvel. Fico ali, como se não ousasse me mover. Está tão escuro agora, mais escuro não pode ficar, e bem na minha frente avisto a silhueta de alguma coisa que parece uma pessoa. Uma silhueta luminosa que se torna cada vez mais nítida. Sim, um contorno bem perceptível no escuro, na minha frente. Que estaria distante ou perto de mim. Não sei dizer com certeza. É impossível dizer se está perto ou longe. Mas está lá. Uma silhueta branca. Brilhante. Acho que ela vem caminhando na minha direção. Caminhando é modo de dizer. Porque caminhar ela não caminha. Ela apenas se aproxima, cada vez mais. A silhueta é completamente branca. Agora percebo nitidamente. Que é branca. A brancura. E se destaca no meio da escuridão. Um branco brilhante. Uma brancura reluzente. Fico imóvel. Tento não me mexer. Apenas fico em pé, imóvel. Uma brancura reluzente. A silhueta de um ser humano. Uma pessoa cercada por essa brancura luminosa. Sim, talvez seja isso. Cada vez mais perto. Ou se afastando. Não, ela não some de vista, então não está se afastando. A brancura reluzente se aproxima cada vez mais. A silhueta do que deve ser uma pessoa está chegando cada vez mais perto. E agora percebo que a silhueta se transformou numa coisa branca. Sim, uma coisa. E essa coisa está se expandindo cada vez mais. Mas então não é uma pessoa que vem na minha direção. Não, não seria possível. Não aqui na floresta, não agora, no escuro, no meio da noite. É impossível que seja uma pessoa. Mas então o que seria. Porque parece uma pessoa. Tem a forma de uma. Estou completamente imóvel. Tento ficar o mais imóvel possível. Meu corpo todo se enrijece. E a criatura se aproxima cada vez mais e se torna cada vez mais, sim, sim, luminescente em sua brancura, se posso dizer assim. Respiro profundamente. Fecho os olhos. Penso que estou no meio da floresta, que faz frio e estou congelando. E bem na minha frente vejo uma criatura brilhante vindo na minha direção. E agora a criatura está tão perto que se quiser posso tocá-la. Mas não quero tocar na criatura, porque se esticar os braços para tocá-la tenho certeza de que não sentirei nada, a criatura será como o vácuo, e mesmo assim lá está ela, bem diante de mim, a menos de um metro, e pelo visto é uma mulher, se é que se trata mesmo de um ser humano provido de gênero, afinal. Não, ela não tem gênero. Não é uma criatura com gênero, pois não é homem nem mulher. Mas então que tipo de criatura seria. Eu deveria ou não arriscar dizer alguma coisa à criatura. Mas não posso falar com o ar, o vazio, o vácuo, ou seja lá com o quê. Apenas fiquei parado ali. Sem me mexer. Olhando para a criatura luminosa, cercada pela escuridão, de um branco luminoso no interior da silhueta que antes avistei. Tudo dentro daquele contorno era agora de uma brancura luminosa. A luz era brilhante, mas não ofuscava. Era uma visão agradável. Era prazeroso de olhar. A criatura branca e eu. Eu deveria lhe dizer alguma coisa. Ou ir embora. Mas a criatura estava bem na minha frente e eu não poderia ir ao encontro dela. Ou quem sabe eu até pudesse fazê-lo. Ir ao encontro da criatura. Não, não poderia. Eu não conseguiria. Então permaneci imóvel. Mas aquilo que vi não pode ser real, só pode ter sido uma visão. O que vi foi uma miragem e não a realidade. A criatura branca não era real. Talvez eu pudesse tocá-la com cuidado para descobrir. Mas não se pode tocar numa brancura daquelas. Seria o mesmo que sujá-la. Imagine macular algo tão branco. Não, como eu poderia pensar em fazer tal coisa. Ou talvez eu nem tenha pensado em fazer isso, foi uma ideia que me ocorreu, mas apenas como ideia, não como algo que eu tivesse a intenção de fazer. Claro que não. Por isso fiquei ali parado diante dela, em toda a sua brancura. E o que mais eu poderia fazer. Nada além de ficar ali, imóvel. Surpreendentemente, eu já não sentia frio. Já não estava congelando, pelo contrário, sentia um calor emanando da criatura na minha direção. Ou talvez não emanasse da criatura. Mas por que então eu me sentia muito mais aquecido do que antes de a criatura aparecer, era isso, não era mesmo, eu me sentia cada vez mais quente à medida que a criatura se aproximava, assim é que era. Agora que reflito sobre isso, percebo que foi assim. Quanto mais perto a criatura chegava, mais calor eu sentia. Era assim, quer eu gostasse ou não. Era simplesmente inevitável. Mas por que esse ser em toda a sua brancura estava ali bem diante de mim. Não demorou e a criatura veio andando na minha direção, ali no escuro, e então se deteve à minha frente. A princípio, só a percebi como uma silhueta branca, brilhante até, e depois como uma criatura luminescente. Mas eu não podia ficar ali parado diante dessa entidade reluzindo em toda a sua brancura. Não era assim que se fazia, de jeito nenhum. De repente, senti como se uma mão, pesada e ao mesmo tempo leve, tocasse meu ombro. Ou não seria uma mão de verdade. Não, não era uma mão, só parecia uma, e o que era então, já que não era, ou talvez não fosse, uma mão. E então ela apoiou um braço, sim, porque devia ser um braço, sobre meus ombros e me abraçou, um abraço leve, mas ainda assim marcante. Tento permanecer o mais calmo possível, completamente imóvel, ou ao menos tão imóvel quanto possível. Pois o que mais poderia fazer. Não poderia simplesmente dar as costas à criatura luminosa e me afastar, disparando na escuridão densa. Como assim. A criatura viria correndo atrás de mim, ou não. Ou será que agora eu teria me tornado parte daquela criatura brilhante. Mas como uma coisa assim pode ser possível. Porque o braço, ou seja lá como se chame, da criatura luminosa agora parecia indissociável do meu corpo, e para poder ter certeza se ele estava ali ou não, para descobrir de fato, eu precisaria me tocar, e não senti vontade de me tocar, ou melhor, parecia que eu não tinha permissão para fazê-lo. Era uma proibição irrevogável, era assim que eu me sentia. E permaneci imóvel. Respirando num ritmo regular e inaudível. Porque tampouco queria que minha respiração perturbasse aquele ser, sim, a criatura resplandecente em toda sua brancura. Só então notei a mão da criatura luminosa se afastando delicadamente dos meus ombros. E no mesmo instante me dei conta de que eu tinha os olhos fechados, há quanto tempo estava assim eu não fazia ideia, e agora, ao abrir os olhos, não vi mais a criatura brilhante. Olhei ao redor, mas ela não estava mais visível em lugar nenhum. E agora eu podia me mexer, e me virei e o que vi foi a escuridão negra. Por onde eu olhava era só a escuridão. Como antes. Mas que fim levou a criatura. Teria simplesmente desaparecido. Ido embora. Tão bruscamente como surgiu. Devagar ela se aproximou e num átimo desapareceu. O que está acontecendo no coração da floresta, na escuridão negra onde só há árvores, por onde se espalha a neve branca, sobre os galhos e por entre as árvores. É tudo o que há por aqui. Isso e eu. E também essa criatura brilhante, que todavia não está mais aqui, ou talvez ainda esteja e eu apenas não consiga mais vê-la, talvez a criatura tenha ido embora e eu pergunto: você está aí — e não recebo resposta e naturalmente chego à conclusão de que a criatura não responde, pois, o que quer que fosse aquele ser, humano não era, mas, sim, tampouco era uma aparição, talvez, talvez e apenas talvez fosse simplesmente um anjo, sim, quem sabe um anjo a mando de Deus. Já que era uma criatura tão branca e brilhante, ou quem sabe não seria um anjo do mal. Porque os anjos do mal também são anjos de luz, talvez todos os anjos tenham esse brilho branco, tanto os bons quanto os maus. Ou talvez todos os anjos sejam bons e maus, pode muito bem ser esse o caso. E então eu pergunto:

você está aí — e ouço uma voz dizer: sim, sim, sim, agora estou aqui, por que está me perguntando isso — e retruco: você sabe quem eu sou — e a voz pergunta por que estou falando com ela e fico sem saber o que dizer, porque estava convencido de que era ela em sua brancura com quem eu estava conversando, tinha tanta certeza disso que nem pensei sobre o assunto, mas agora acho que devia ser alguém, ou alguma coisa, diferente. Mas quem seria então, mais alguém está aqui na escuridão dessa floresta, não, quem poderia ser. Nesse caso, pode ser que haja mais pessoas além de mim na floresta. Como posso ter tanta certeza de que estou sozinho nessa floresta negra e fria. Não, não posso ter certeza disso, óbvio que não. A floresta é imensa. Tem a dimensão de um mundo. E agora cá estou nesse mundo. Um mundo escuro, tão escuro e negro que não consigo enxergar, uma floresta tão grande a ponto de eu não conseguir encontrar uma saída, tão escura e densa que não consigo ver nada, quer dizer, olhe ali, lá no alto, lá a lua despontou e paira no céu tão redonda e imponente, e mais além, sim, também há estrelas no céu, muitas estrelas, estrelas claras, estrelas reluzentes. Um luar amarelado e estrelas que cintilam uma luz branca. É lindo. Não existe palavra melhor para descrever, pelo menos não que eu conheça. Lindo. E não faz muito tempo, sim, agorinha mesmo, eu não conseguia ver nada no céu, óbvio que não, porque estava nevando, e quando neva não se pode observar o céu, nem a lua, quando há lua, e nem estrelas, porque é somente no céu limpo que a lua e as estrelas podem ser vistas. Mas por que penso nisso, o que estou pensando agora é pura e simples obviedade, nada em que se demore refletindo, é assim que as coisas são. É assim e pronto. Agora a lua brilha, e também as estrelas, simplesmente porque parou de nevar. Nem mais nem menos. Mas o que aconteceu comigo então, pois afinal eu vi ou não vi uma criatura reluzindo em sua própria brancura. Sim, claro que vi. Mas não poderia ter visto, porque tal criatura não existe e não pode ser vista, é algo que contraria o bom senso e a razão. Eu não vi nenhuma criatura. Mas então o que foi que eu vi. Uma miragem, talvez. Vi uma aparição, como se diz. Sim, foi uma aparição que eu vi, uma visagem. Não admira deparar com essas visagens, preso na escuridão da floresta negra como estou, sem conseguir encontrar a saída. Caminhei por todas as direções, eu acho, mas não tenho como saber, tudo que sei é que caminhei bastante, e em várias ocasiões parei e tomei outra direção. Com isso devo ter percorrido muitas direções, mas não todas, porque é óbvio que não tinha percorrido todas as direções possíveis, do contrário teria encontrado meu carro, teria voltado ao local onde estava meu carro. Se tivesse feito isso, agora estaria no assento do meu carro, aquecido e confortável, e a neve não teria se acumulado sobre meu corpo inteiro, me deixando completamente branco. Sim, quase tão branco quanto aquele ser de brancura que talvez eu tenha acabado de ver, ou talvez tenha sido só uma visão, ou uma aparição, melhor dizendo. Mas é bom poder admirar as estrelas e também a lua. Mais bela que tudo é a lua, tão amarela e redonda essa noite, de um jeito como nunca tinha visto. E uma lua tão grande e deslumbrante e amarela, sim, isso, sim, o que era mesmo que estava pensando em dizer, desapareceu diante de mim, simplesmente sumiu, assim como a criatura, luzindo em sua brancura, desapareceu. Ou talvez ela não tenha ido embora, só ficou invisível. Talvez simplesmente não esteja mais aparente agora por estar muito mais brilhante. Pode muito bem ser, logo posso perguntar se ela ainda não estaria por aqui. Não faria mal perguntar, nesse caso, e eu pergunto: você está aí — e não ouço nenhuma resposta. Já que era assim, não haveria por que esperar uma resposta, mas posso perguntar mais uma vez, então pergunto: alguém está aí — por acaso não foi uma espécie de sussurro que ouvi, dizendo sim, claro que estou aqui, mas deve ser coisa da minha imaginação, porque não foi uma voz nítida a que ouvi, mas então ouço uma voz que diz: estou aqui, sempre estou, sempre estou aqui — e me assusto, porque não havia mais dúvida de que escutei uma voz, uma voz débil e hesitante, e mesmo assim profunda e quente, sim, era quase como se essa voz carregasse em si algo que se pudesse chamar de amor. Amor, o que quero dizer com essa palavra, pois se há uma palavra que não significa nada é essa. Mas agora estou falando sozinho, deve ser o frio e o medo de ficar preso na floresta negra que me faz pensar assim. Mas então preso não estou. Estou no coração da floresta, certeza, mas não estou aprisionado, só não consigo encontrar a saída e isso é obviamente diferente de estar confinado, ter sido aprisionado por alguém que seja não você mesmo, quer dizer, é até possível aprisionar a si mesmo, e se fui eu quem me aprisionei não foi de propósito, estou preso contra a minha vontade, no coração da floresta negra, involuntariamente preso por mim mesmo, se é que se pode afirmar isso. São só palavras. Mas há palavras e palavras. Agora estou só, sozinho, na imensidão da floresta negra. Ou será que estou sozinho, não, não posso estar, porque acabei de falar com alguém, ou com alguma coisa, e pergunto — você está aí — e não obtenho resposta, e então pergunto: tem alguém aí

— e me sinto tomado por uma espécie de desespero e digo: me responda, você não pode me responder, estou falando com você, e não faz tanto tempo que nos falamos, foi agorinha mesmo — mas olho em volta e não vejo ninguém, apenas árvores e mais árvores, galhos cobertos de neve, ao luar, sob a luz amarelada da enorme lua redonda, das infinitas estrelas cintilantes, e então ali, não sob as copas das árvores, mas em algum lugar entre elas, está o chão nevado, a terra coberta de neve sobre a qual estou. E como faz frio, como sinto frio. Tenho que sair da floresta antes que anoiteça completamente e que eu fique cansado demais. Pois o que pode acontecer caso eu não saia da floresta. Eu moro sozinho, então ninguém vai sentir minha falta, e mesmo se alguém sentisse minha falta não saberia onde estou, então ninguém se arriscará a vir até a floresta atrás de mim, e por que alguém viria atrás de mim de todo modo, para falar a verdade não lembro a última vez que alguém veio me visitar, não consigo nem pensar nisso, pelo menos não agora, agora tenho outras coisas para pensar, ou pelo menos deveria, quer dizer, na verdade só tenho uma coisa para pensar e é como sair da floresta e encontrar meu carro, ou encontrar alguém, uma pessoa que possa desatolar meu carro com um trator, quer dizer, teria que ser um trator, pois quem se atreveria a dirigir por aquela estrada num carro agora que nevou tanto, de jeito nenhum, ninguém ousaria, evidente que não, talvez até quem tenha um trator não se atreva, agora que está escurecendo é difícil enxergar os limites da estrada, agora no escuro, agora que nevou, não, mesmo que eu encontre alguém com um trator provavelmente ninguém me ajudará a rebocar o carro esta noite, pelo menos não antes de o dia raiar, só então alguém poderia se dispor a ajudar. Mas é claro que o mais importante agora é sair da floresta e esbarrar em alguém, alguém que more numa casa aquecida, para que eu possa me aquecer, sim, também estou com fome, e sede, e se ao menos puder encontrar alguém também consigo alguma coisa para comer e beber, e o calor aquecerá meu corpo, sim, como está tão frio aqui fora, certamente terão acendido o fogo na lareira. A sala de estar estará quente e aconchegante, e as luzes estarão acesas. É assim que será. Agora tudo que tenho a fazer é tentar encontrar alguém. E, portanto, lá vou eu, sigo em frente, com a sensação de que alguma coisa, ou alguém, vem caminhando comigo, só pode ser aquela criatura luminosa, sim, aquela da brancura brilhante. Só pode ser ela. Venha ela a meu lado, ou atrás de mim, não a quero encontrar, certeza. Quem sabe eu possa perguntar quem está caminhando ao meu lado ou atrás de mim, mas acho que não posso fazer isso, mas por que mesmo não posso fazer isso. Posso muito bem fazer isso, sim. E então pergunto: quem é você — e não ouço resposta, então provavelmente não é ninguém, e por que haveria de ser, e novamente pergunto: quem é você — e uma voz diz: sou eu — e penso que a criatura, sim, a criatura, porque só pode ser ela, agora respondeu, é ela que está vindo ao meu lado, ou talvez atrás de mim. E então pergunto: o que você quer de mim — e a criatura não responde. Eu pergunto: você não quer dizer. E a criatura diz: não posso dizer. Eu pergunto: por que não — e a criatura não responde. Eu pergunto: você não pode dizer — e a criatura diz que não. Eu pergunto: por que você está me seguindo. A criatura responde: não estou seguindo você. Eu pergunto: o que você está fazendo então. A criatura diz: estou seguindo você — e penso que não adianta perguntar nada à criatura, só por que ela me segue, como ela mesma disse. Eu pergunto: por que você me segue. A criatura diz: não posso dizer. Eu pergunto: por que não. A criatura diz: porque não posso — e concluo que mais perguntas não vão levar a lugar nenhum, então é melhor deixar para lá. Eu digo: você bem que poderia me guiar até eu encontrar alguém — e a criatura não responde. Eu digo: você bem que poderia me ajudar a sair da floresta — e a criatura não responde, então penso, está bem, se ela prefere não dizer nada, melhor assim, mas ela até me respondeu algumas vezes, então deve estar aqui ao meu lado, ou no meu encalço, portanto deve estar me acompanhando, ao meu lado ou atrás de mim. Mas quem é. Não faço ideia, e tampouco posso perguntar, mas por quê. Então eu pergunto: quem é você. A criatura diz: eu sou aquele que é — e penso que já ouvi essa resposta antes, mas não consigo lembrar a ocasião, talvez tenha lido em algum lugar. Acho que devo parar de me importar com a criatura, parar de pensar tanto em quem ela é. E agora devo sair logo da floresta, porque já estou aqui há muito tempo, uma infinidade de tempo, pelo menos é o que parece, e agora pelo menos está claro o suficiente para poder ver, já que a lua está tão grande e amarela, pois de repente a lua surgiu de novo, antes de ela aparecer era impossível enxergar qualquer coisa, agora já não está aquele breu como antes, um breu como a noite mais escura, porque até então eu não sabia por onde ia, não que saiba agora, mas pelo menos posso ver onde ponho os pés. E ali, bem na minha frente. Não é alguém vindo na minha direção, ali. Sim, sim, tenho a impressão de que é, mas está muito distante e não é fácil ver o que é, tudo que vejo é um escuro dentro da escuridão, e pode parecer que, sim, talvez sejam duas pessoas caminhando ali. Mas aqui, agora, no coração da floresta negra, não, não podem ser duas pessoas, mas então o que seria, se não forem duas pessoas, sim, devem ser duas pessoas. Talvez eu devesse começar a caminhar na direção delas, porque nada poderia ser melhor que duas pessoas, que eu tenha companhia, como se diz, aqui no meio da floresta. Mas não é possível que haja mais dois perdidos por aqui, não, isso não, é mais provável que sejam duas pessoas que moram por perto e só saíram para passear, apenas para dar um passeio noturno. Mas justo agora quando está escuro. No frio, na neve. Não, não é possível. Gente sensata não faz isso. Mas nem todo mundo é tão sensato, eu mesmo não sou uma pessoa das mais sensatas, eu, que abandono meu carro e me meto numa floresta, na floresta, logo no final do outono, já de noitinha, quando faz tanto frio, e mesmo assim abandono meu carro e enveredo pela floresta. É inacreditável que alguém possa agir dessa maneira. Mas sim, é isso mesmo, são duas pessoas, devem ser, que vêm caminhando na minha direção, o que estariam fazendo na floresta, mas o que eu estaria fazendo na floresta. Não sei o que elas estariam fazendo aqui tanto como não sei o que eu estou fazendo aqui. Talvez elas saibam tanto quanto eu por que estão na floresta agora. Pode ser que também tenham se perdido. Vou na direção delas, e me parece que também estão vindo na minha direção. E as duas andam tão juntas que parecem inseparáveis, então há de ser um casal, de mãos dadas, ou talvez um segurando o braço do outro. Parece então que são um casal. Nesse caso, o homem provavelmente é um pouco mais alto que a mulher, mas é claro que também pode ser o contrário, ela pode ser mais alta que ele. Eu vou na direção do casal, e o casal vem na minha direção. É bastante claro que não só estou indo em direção ao casal como o casal também está vindo na minha direção. Quem poderiam ser. Quem nesse mundo poderiam ser. Mas foi bom ver mais alguém na floresta, certeza, pelo menos isso. E eles vêm caminhando até mim. Ou sou eu quem caminha até eles. Acho que vou até eles e eles vêm até mim. Vai ver que é isso. Mas quem são eles. Quem podem ser. Está escuro demais para divisar o rosto deles, ou suas roupas, mas estamos cada vez mais próximos. Quando estivermos perto o bastante, é claro que poderei enxergar o rosto deles e suas roupas, e então saberei quem são, se os conheço, ou se os reconheço, do contrário, não, é claro que não, como posso ter pensamentos tão óbvios. Devo estar muito cansado. Ou talvez seja o frio que me induz a ter esses pensamentos tolos e óbvios. Não costumo pensar assim. Sou de pensar bem, ter ideias claras. Sempre. Posso quase me considerar um pensador. Que horror, agora estou me gabando. E também não sou de fazer isso, sim, me gabar, muito menos estando sozinho numa floresta, na floresta. Provavelmente é o fato de estar tão frio que me faz não pensar com a clareza habitual. Não consigo pensar em nenhum outro motivo. Mas estou caminhando na direção de duas pessoas e duas pessoas estão caminhando na minha direção, certeza. E tenho a impressão de que é um casal de idosos, talvez um casal de idosos, sim, sem dúvida. Sim, é um casal de idosos. Agora vejo nitidamente que deve ser isso. Mas será que eles não me viram, não, parece que ainda não deram por mim. Mas já devem ter me notado, talvez eu devesse gritar para eles, porque posso fazer isso, ou talvez não seja adequado. Não se deve gritar na floresta, já ouvi dizer. Continuo com o passo firme em direção ao casal de idosos, que só podem ser casados. É definitivamente um casal, sim. Preciso gritar para eles. Eu grito: olá. E ouço: olá. Grito: tem alguém aí — e ouço um sim e percebo que é a voz de uma idosa. Ouço mais um sim e agora é uma voz masculina, de um idoso. E então faz-se silêncio. Silêncio completo. Um silêncio tão profundo que quase pode ser tocado, e eu paro. Fico parado escutando o silêncio. E é como se o silêncio falasse comigo. Mas como pode um silêncio falar.

Quer dizer, de certo modo o silêncio fala, e a voz que se ouve quando ele fala, de quem seria. Mas é só uma voz. Nada mais pode ser dito sobre essa voz. Ela simplesmente é. Ela existe, não há dúvida, ainda que não diga uma palavra. E eu a ouço gritar: então você estava aqui — e ouço que é a idosa quem grita. E a voz insiste: você estava aqui, não é mesmo. A voz diz: finalmente encontramos você — e penso como ela pode dizer uma coisa dessas, porque ninguém me encontrou. A voz diz: agora eu encontrei você — e não entendo nada, de quem é a voz, aqui no coração da floresta negra. Eu grito: quem é você. A voz diz: você não está ouvindo, sou a sua mãe, não está ouvindo a sua mãe, não reconhece a voz da sua própria mãe, não acredito que você não esteja reconhecendo a voz da sua própria mãe — e acho que não é a voz da minha mãe, pois conheço a voz dela muito bem, mas preciso responder, não posso simplesmente ficar calado. Eu digo: sou eu. Ela diz: sim, é você. Eu pergunto: mas o que você está fazendo aqui na floresta. A voz diz: procurando você. Eu digo: você está me procurando — e a voz diz sim e eu pergunto por que você está me procurando. A voz diz: porque você não deveria estar na floresta agora — e eu digo não. A voz diz: você não está entendendo direito — e eu digo que estou. A voz diz: está muito frio para ficar na floresta agora, e está muito escuro. Eu digo: sim, você tem razão. A voz diz: você tem que ir para casa. Eu digo: mas não consigo encontrar o caminho de casa. A voz diz: você se perdeu. Eu digo: sim, pelo jeito, sim. A voz diz: e é por isso que viemos ajudá-lo. Eu digo: obrigado, muito obrigado — e agora vejo nitidamente o casal de idosos à minha frente. E sim, sim, é minha mãe ali. Sem dúvida. Porque não pode ser ninguém mais. É ela, minha mãe. E ao lado dela está meu pai. Segurando-a pelo braço. E não me parece que ele faça alguma ideia do que está acontecendo. Ele olha fixamente para a frente, como se olhasse para o nada. Para o vazio. E acho que também estou olhando para o vazio, eu também. Eu acho. Aqui parado. Tentando me manter completamente imóvel. Observando minha mãe e meu pai se aproximarem e ouvindo a velha dizer enquanto não tira os olhos de mim: por que você está aí parado, não fique aí parado assim, você não pode ficar aí parado, você tem que se comportar — e penso sobre o que na verdade ela quer dizer com isso, que eu não posso ficar parado assim, que tenho que me comportar. Por que não posso ficar assim, e por que ficar aqui parado significa que não estou me comportando. O que estou fazendo de errado. Não posso estar fazendo tanta coisa errada assim se estou aqui imóvel. Não estou fazendo nada. Só estou aqui. O que há de tão errado nisso. Não pode ser tão errado, pode. Então de novo ressoa o grito: você não pode ficar aí parado, tem que fazer alguma coisa, não pode ficar aí parado, faça alguma coisa já — é minha mãe quem grita e eu começo a caminhar em direção aos meus pais. E minha mãe diz: é bom que você tenha vindo nos encontrar, pelo menos isso — e penso que não devo dizer nada, não porque não tenha nada a dizer, mas porque não tenho vontade, e além disso não sei o que dizer, talvez eu possa dizer que não compreendo por que eles também estão aqui no meio dessa floresta escura e fria, quando já é tão tarde, já é noite, em pleno outono, quase começo de inverno, sim, eu posso dizer dessa maneira. E pergunto: por que estão aqui na floresta. E ela diz: e você ainda pergunta isso, não posso acreditar que esteja perguntando isso. Eu pergunto: por quê. Ela diz: porque você também está aqui na floresta — pois muito bem. Ela diz: e o que está fazendo na floresta, você vai congelar até morrer, tem que ir para casa — e me pergunto se devo dizer a ela que não consigo encontrar a saída da floresta e perguntar se ela sabe onde fica a saída, mas é lógico que ela não sabe, do contrário por que estaria perambulando pela floresta, mas assim mesmo pergunto: você sabe como sair da floresta — e ela diz: não, mas ele conhece o caminho —

e ela olha para meu pai e diz — você sabe como sair da floresta — e ele balança a cabeça. Ela pergunta: você não sabe o caminho — e ele diz não e ela diz que ela tinha certeza de que ele sabia o caminho, ele sempre sabia o caminho, ela não lembra que ele não soubesse o caminho, estava convencida de que ele conhecia o caminho, ela nunca pensaria que não, ela diz e se detém, ela soltou a mão do meu pai e agora está olhando fixamente para ele, e diz com receio na voz: você não conhece o caminho, não sabe como voltar para casa — e meu pai balança a cabeça. Ela pergunta: por que viemos tão longe na floresta — e meu pai não responde, apenas fica ali, imóvel. Ela diz: responda. Ele diz: nós viemos juntos. Ela diz: não, foi você quem me arrastou para a floresta. Ele diz: mas era você quem queria encontrá-lo. Ela pergunta: e você não queria. Ele diz: claro que sim — e olha para baixo, e minha mãe o encara, eles ficam assim por muito tempo, ambos em silêncio. Ela diz: então vamos congelar também nós dois e não apenas ele — e ele diz: é possível, com o frio que faz, e no meio da floresta escura e fria para onde viemos e agora estamos. Ela pergunta: mas por que você me trouxe tão longe pela floresta se não sabe a saída. Ele diz: foi você quem me trouxe para a floresta. Ela diz: sim, acho que foi — e os dois se calam. Ela diz então: fizemos isso juntos — e ele não responde e eu fico onde estou e os encaro. Eles parecem tão envelhecidos, parecem tão cansados, como podem ter envelhecido tanto em tão pouco tempo, porque não faz muito tempo desde que os vi pela última vez, ou talvez tenha se passado muito tempo, talvez tenha sido há vários anos, ou talvez há apenas alguns meses, ou algumas semanas, alguns dias, pois mais do que algumas horas é certeza, sim, isso ao menos eu sei, mas quanto tempo exatamente transcorreu, quero dizer, quanto tempo exatamente, sim, exatamente, exatamente, essa é a palavra para usar nesse contexto, eu dificilmente teria encontrado uma palavra mais apropriada, sim, quanto tempo se passou desde que os vi pela última vez, não, isso não sei dizer, mas agora os vejo, ou não posso estar tão certo assim, talvez apenas tenha a impressão de que os vejo, pode muito bem ser, não, não é isso, eles estão ali, minha mãe e meu pai, diante de mim, é verdade, eu até falei com eles, e, bem, e os ouvi conversando um com o outro. E, aparentemente, os dois vieram à minha procura. Não foi isso que disseram, que estavam procurando por mim. Eu pergunto: estão procurando por mim — e ninguém responde. Vejo-os ali parados, minha mãe e meu pai, apenas olhando para mim, sem responder quando lhes dirijo a palavra, e é claro que deveriam responder, porque sou filho deles apesar de tudo, e digo: vocês precisam me responder quando falo com vocês, não fiquem aí parados, digam alguma coisa, falem comigo — e me dou conta do tom suplicante em minha voz, um tom quase de lamento, estou quase chorando, eu poderia admitir, talvez esteja exausto, ou é como se essa voz não fosse minha, é como se um outro falasse através de mim, alguém que não conheço, um completo estranho. Minha mãe diz: por que você está aí parado, e eu não falo nada — e ela olha para meu pai e diz: diga alguma coisa, por que está aí parado sem dizer nada, o gato comeu sua língua, você precisa dizer alguma coisa — e minha mãe olha para meu pai e diz: diga alguma coisa você então — e meu pai nada diz, então é ela quem fala: é sempre assim, você nunca fala nada, nem mesmo na presença do seu filho, que está bem na sua frente, a poucos metros de distância, nem assim você diz alguma coisa, você não pode dizer alguma coisa, você tem que dizer alguma coisa, você tem que dizer que ele precisa vir conosco e precisamos sair da floresta, sair juntos da floresta — e meu pai diz sim. Minha mãe diz: você não pode simplesmente dizer sim — e meu pai diz não, e minha mãe diz: você só sabe falar sim ou não — e meu pai diz sim e eles ficam ali, meu pai e minha mãe, parados, mais uma vez, e eu penso que preciso ir até eles.

Não faz sentido ficarmos nos olhando assim à distância. Mas eu fico parado e eles ficam parados. É assim que ficamos, alternando os olhares, olhando-nos nos olhos e depois para o chão. Não, isso não está certo, penso. Agora vou até eles, eu penso. Mas continuo parado no lugar, e reparo que minha mãe puxou meu pai pelo braço, é o que parece. Mas eles permanecem onde estão. E eu permaneço onde estou. Olho para cima e percebo que as estrelas não estão mais visíveis, que as nuvens encobriram as estrelas e tudo está bem mais escuro. Agora a lua está parcialmente encoberta pelas nuvens, eu vejo, e reparo nas nuvens em movimento escondendo a lua, e então tudo escurece, e quase não consigo mais ver minha mãe nem meu pai. Eles desapareceram no escuro, os dois foram totalmente engolidos pela escuridão. E eu estou sozinho no escuro, exatamente como estava antes. Não vejo nada. E meus pais, eles estavam aqui em algum lugar, eu os vi. Eles estavam aqui. Mas o que foi feito deles. Eles apenas devem ter desaparecido no escuro, ficaram invisíveis, pois tudo se torna invisível se estiver escuro o suficiente, preto o suficiente. Agora a lua está encoberta pelas nuvens e nada mais se vê e ouço minha mãe gritando: onde está você — e ouço meu pai dizer: estou aqui — e minha mãe diz que sabe, ela o está segurando pelo braço, ela diz, não era com ele que estava falando, era comigo, ela explica, e meu pai diz: sim, claro, respondi sem pensar — e minha mãe diz: como sempre — e então os dois emudecem. Eu fico em silêncio. Quero que o silêncio permaneça, quero escutar o silêncio. Pois é no silêncio que se pode ouvir a voz de Deus. Foi o que alguém disse um dia, mas não consigo ouvir um único som da voz de Deus, a única coisa que ouço é o nada. Eu ouço, quando tento escutar o nada, se é que o nada pode ser ouvido, se não se trata apenas de uma figura de linguagem, uma maneira de dizer, eu penso, sim, eu ouço, sim, o nada, coisa nenhuma, que em todo caso não é a voz de Deus, o que quer que seja ela. Mas esse juízo que façam os outros, eu penso. E é óbvio que não foram meus pais que vi ali, provavelmente foi só algo que imaginei, porque agora estou só na floresta negra, sozinho, só eu e mais ninguém, como se diz, eu e mais ninguém. Mas nem sempre fui assim, eu e mais ninguém, quer dizer, talvez eu tenha sido assim, e ouço minha mãe perguntar: onde está você — e o som não vem nem de perto nem de longe, é apenas a voz dela que se ouve, e então o silêncio. Ela pergunta: onde você acha que ele está — e não há resposta. Minha mãe diz: será que você não pode me responder uma vez que seja. Meu pai diz: eu não sei — e minha mãe diz que é claro que ele não sabe, ele não precisa nem dizer, não, se ele não tem mais nada a dizer é melhor que se cale, ela diz, e meu pai não responde, e minha mãe diz que ele pode ao menos responder para ela e meu pai diz que não sabe ao certo o que dizer, e minha mãe diz é claro que não, pois ninguém pode saber nessa escuridão de agora. Meu pai diz: não, óbvio que não. E então tudo silencia novamente. Eu fico imóvel, completamente imóvel, e penso que devo estar só imaginando, sim, que minha mãe e meu pai estão na floresta. Eu estou aqui na floresta, estou sozinho na floresta. Não há mais ninguém na floresta, apenas eu. E pelo visto não vou conseguir sair da floresta. Estou tão cansado e faz tanto frio. Mas por acaso tudo não estaria mais claro agora. Olho para cima e vejo algumas estrelas, não, não são muitas as estrelas que posso ver, e agora posso também avistar um pedacinho da lua amarela novamente. É bom que tenha clareado, tudo melhora quando se pode enxergar um pouco, sim, é óbvio, nem é preciso dizer. Mas para onde foram meus pais. Eles estavam aqui nesse instante. Não foi só minha imaginação. Eu os ouvi falando. Ou, como sempre, era apenas minha mãe quem falava, meu pai só respondia o que ela perguntava. O mesmo de sempre. Sim. Mas estou sentindo frio. Se pelo menos não voltasse a nevar. Mas agora o tempo está abrindo cada vez mais. Posso ver cada vez melhor. Mas o que aconteceu com meus pais. Eles estavam ali na minha frente, embora houvesse uma distância entre nós. E eu fui até eles, e eles vieram até mim, mas nós caminhamos muito devagar. Nós caminhamos, eu e eles, mas era como se não nos aproximássemos, era na verdade muito estranho, incompreensível até, para dizer a verdade. E onde eles estão agora. Provavelmente, se apenas seguirmos em frente, nos encontraremos, isto é, se todos, eu e eles, seguirmos em frente. É por isso que vou começar a andar para a frente. Pois então nos encontraremos, certeza. Ou pelo menos pode acontecer. Porque talvez meus pais, minha mãe e meu pai, também sigam em frente. E, nesse caso, nos encontraremos. Já que meus pais provavelmente pensam da mesma maneira que eu. Então acho que tenho que começar a seguir em frente. E agora está tão claro que é possível caminhar entre as árvores, bem no coração da floresta negra. Começo a andar. E mantenho os dois braços estendidos à frente. Quem sabe eu devesse gritar perguntando onde eles estão, onde estão minha mãe e meu pai. Mas nunca os chamei de mãe e pai, ou talvez tenha chamado. Pelo menos quando era criança. Não, acho que não. Mãe e pai. Não, nunca. E agora eles se foram, mas talvez nunca tenham estado aqui. Provavelmente só imaginei que estivessem aqui.

Imaginei que ouvi minha mãe falando, dizendo alguma coisa para mim. Não, não é possível. Eles estavam aqui. Minha mãe estava aqui. E meu pai estava aqui. Eu os vi bem ali, sim, exatamente ali, naquele lugar ali. Ali mesmo, sim. Ou talvez tenha sido aqui que vi meus pais pela última vez. Talvez estivessem exatamente onde estou agora. Pode muito bem ser que tenha sido aqui. Tenho quase certeza de que foi aqui. Foi aqui. Agora tenho certeza. Foi aqui. Não em outro lugar. Não ali, mas aqui. Só aqui. Ali não, aqui. Bem aqui. Talvez eu possa gritar e perguntar onde eles estão. Sim, é o que tenho que fazer, por isso grito: onde estão — e então fico completamente em silêncio escutando, mas ninguém responde, o que é estranho, mas então ouço minha mãe perguntando: onde estamos. Ouço minha mãe repetir: onde estamos, e por acaso isso é lá coisa que se pergunte, estamos onde estamos, em nenhum outro lugar, por que ela perguntou isso, onde estamos — e eu digo: porque sim, eis o porquê. E minha mãe diz: estamos procurando você. Eu digo: e agora me encontraram, mas onde estão vocês. Minha mãe diz: talvez não estejamos nos vendo porque está muito escuro — e eu digo sim e ficamos calados e minha mãe então diz que tenho que ir para casa. Eu digo: não consigo encontrar o caminho, será que vocês também não conseguem encontrar a saída da floresta. Minha mãe diz: imagine dizer algo assim, o que você acha, pai — e meu pai não diz nada, e os dois ficam em silêncio por um bom tempo, e então minha mãe diz para meu pai dizer alguma coisa e ele diz: não, não conseguimos encontrar o caminho — e minha mãe diz que ele não deve falar assim. Minha mãe diz: encontraremos o caminho, só não o encontramos ainda, você não concorda — e faz-se silêncio. Ela diz: por que você nunca responde. Meu pai diz: claro que encontraremos o caminho, com certeza — e de novo os dois se calam. Minha mãe diz: como você sabe — e meu pai não responde. Minha mãe diz: diga então. Meu pai diz: eu não sei. Minha mãe diz: não, não, você não sabe — e eu acho que logo vamos nos ver, nos encontrar, porque nossas vozes não soam como se estivessem tão distantes, a impressão é de que estão próximas, mas às vezes só parece que estão distantes, eu penso, e é estranho que seja assim, que às vezes as vozes estejam próximas e no instante seguinte pareçam distantes. Não, eu não compreendo. Não é possível compreender. Mas há muitas coisas que não podem ser compreendidas, por exemplo, que agora eu esteja na floresta negra, no coração da floresta negra. E então minha mãe de repente grita: onde você está — e a voz dela está muito perto e muito distante ao mesmo tempo, e não é compreensível que uma voz esteja a um só tempo perto e longe, e eis por que não posso ir até onde está a voz, penso, e ouço minha mãe gritar: agora você tem que vir, pois já vamos voltar para casa, eu e seu pai — e digo que vou assim que puder, só que não sei para onde ir, eu digo, e minha mãe diz que sou sempre assim, sempre fui assim, ela diz, sempre fui de fazer só o que eu quero, nunca o que ela quer, sempre dei ouvidos apenas a mim mesmo, e agora, sim, eu vejo como isso vai terminar, ela diz, vai terminar como tem que terminar, como deve terminar, minha mãe diz e eu não sei o que dizer e ouço minha mãe dizer que não, ela não aguenta mais, que está morrendo de frio, ela diz, e eu penso por que meu pai não diz nada, mas ele nunca foi de dizer qualquer coisa, eu acho. E está tão frio e estou tão cansado. Preciso sentar e descansar um pouco. Mas não posso simplesmente sentar no chão no meio das árvores, mas ali, bem ali, há uma pedra, sim, uma pedra redonda, bem no meio da floresta, e é estranho, pois como pode uma pedra ter vindo parar aqui, não, não faz sentido. Ela não pode ter rolado até aqui, e ninguém pode tê-la trazido aqui, tê-la largado aqui. Por que alguém faria isso. Mas de qualquer modo a pedra está bem ali. Imóvel ali, e posso sentar nela. Preciso sentar naquela pedra ali. E por que não faço isso. Por que fico apenas parado aqui. Eu posso me mover o quanto quiser. Posso ir aonde quiser. Ninguém pode me dizer que não. Não, ninguém. E por que eu fico parado então. Por que então eu não faço nada. Talvez porque eu esteja cansado, mas é justamente por isso que gostaria de sentar na pedra redonda, para descansar um pouco. Sim, é o que vou fazer. Agora mesmo. Vou até a pedra e sento nela. E como há galhos pendendo bem acima da pedra a neve não caiu sobre ela. Estou firme e confortavelmente sentado na pedra. Foi muito bom sentar. Descansar um pouco. Só agora percebo como estava cansado. Sim, como tenho sono. Porque estou muito cansado, o que não é tão estranho, já que dirigi bastante e caminhei muito pela floresta, durante muito tempo, percorrendo uma boa distância. Cheguei longe e mais longe do que longe. Sim, pode-se dizer assim. E então ouço minha mãe dizer ele sempre foi de fazer as coisas do jeito que quis, e meu pai dizer: sim, ele é assim, sempre foi — e minha mãe diz: sim, é verdade — e ouço meu pai dizer que sim. E sinto o cansaço se abater sobre mim. Mas não posso adormecer agora. Agora preciso me manter desperto. Agora é importante. Agora é o mais importante. Pois adormecer na neve agora, não, não posso nem cogitar. Não posso fazer isso. Porque nesse caso vou morrer. Vou congelar até morrer. Mas posso pelo menos descansar um pouco. Isso eu posso fazer, ou não. Sim, claro que posso. Posso descansar já que estou tão cansado, e como tenho que encontrar um caminho para sair da floresta não posso estar tão cansado. Descansar. Apenas descansar. Não pensar em nada, mas descansar. Apenas descansar. Apenas estar presente. Atento. Mas repare, olhe ali, sim, bem ali entre duas árvores, sim, ali, há um homem parado. E ele está vestindo um terno preto. E uma camisa branca. E uma gravata preta. E tem os pés descalços. Ele está descalço na neve. Isso não é possível. Agora é real, estou diante de uma aparição. Agora estou tendo uma alucinação, como dizem. Mas ele está ali de fato, um homem de terno preto, camisa branca e gravata, sim, ele está ali e pelo visto está olhando para mim. Sim, está. Agora não tenho mais dúvida de que está olhando para mim. Ele tem o olhar fixo na minha direção. Ele não está apenas olhando na minha direção, mas está me encarando. E por que ele está fazendo isso. Aqui, bem aqui no meio da floresta há um homem vestindo um terno preto e ele está parado olhando para mim. Não, isso não é possível. Não mesmo. Não é possível. O homem fica lá parado, completamente imóvel. Ou ele se move um pouco. Talvez um pouco. Mas, nesse caso, mal se move. Ou talvez ele não se mova. Eu apenas tenho a impressão de que ele se move. É possível. Mas em todo caso, sim, em todo caso. Em todo caso o quê. O quê. O que quero dizer com isso. Em todo caso o quê. E meus pais, que fim levaram. E a criatura branca, aquela que reluzia em toda sua brancura, que vi primeiro como uma silhueta branca, sim, que fim levou. Mas será que não consigo vê-la ali, sim, ali no lado oposto de onde está o homem de terno preto. Ali, bem ali. Sim, sim, agora avisto de novo a criatura branca. Ela está lá. Até ela está completamente imóvel, sim, sim, e ainda brilha, sim, a luz cintilante ainda emana da criatura. Não estou entendendo nada. É algo além da minha compreensão, como se diz. Uma figura de linguagem, algo que não alcanço. Se bem que dizer algo razoável diante disso tudo, da maneira como me sinto agora, não seria nada razoável, não, agora estou quase achando graça, veja só. Achar graça numa circunstância dessas, não, é preciso haver um limite. Mas parece que não há limites. Tudo parece sem limites, é como estar trancado num quarto, em plena floresta, e no entanto esse quarto não tem limites. Não é possível. Ou é de um jeito ou é de outro. Sim, de um jeito ou de outro. Mãe ou pai. A criatura branca ou o homem de terno preto. Ou fico na floresta ou saio da floresta. Uma coisa ou outra. Ou meu carro ficará preso ou vou tirá-lo dali. Assim é que é. Uma coisa ou outra. Mas foi muito bom ter sentado um pouco. Precisava mesmo descansar. Só agora percebo como estou cansado. Estava muito mais cansado do que supunha. Estava prestes a adormecer aqui, sentado nessa pedra redonda, bem aqui, sob os galhos, em meio a toda neve. Estou sentado na pedra redonda tendo os galhos como uma espécie de teto. É quase como uma casinha que construí para mim. Uma casa. Não, como posso pensar assim. Se existe no mundo uma coisa que não é uma casa é aqui onde me encontro agora, ao relento, com apenas alguns galhos sobre minha cabeça, sentado numa pedra redonda que se presta a servir de assento, sentado numa pedra debaixo de galhos cobertos de neve, no meio da floresta, no coração da floresta. Estou cansado e quero me deitar. Mas não posso fazer isso, porque posso adormecer e não devo, não aqui na floresta negra. No coração da floresta negra. Fecho os olhos. Mas mesmo quando fecho os olhos tudo o que vejo é a densa escuridão. Nada mais, apenas o breu, apenas a escuridão. E também o homem que vi de terno preto. E camisa branca e gravata preta. E ele estava descalço, não é mesmo. Sim, descalço na neve. Não é mesmo. Sim, acho que estava. Sim, estava descalço, eu vi, mas de certa forma não vi. Deve ter sido assim. Abro os olhos. E agora o homem de terno preto está bem na minha frente. Ali está ele, olhando diretamente para mim. Quem pode ser. E agora vejo nitidamente que está descalço. Ele está descalço na neve branca. Ele pode fazer isso. Mas então tudo é possível, certeza. Tudo. Todas as coisas. Todas as coisas são possíveis. Até ficar descalço na neve, no meio da floresta, no coração da floresta, vestindo um terno preto, camisa branca e gravata preta. Isso também é possível. Até isso. E lá, não tão distante do homem de terno preto, sim, lá está sem dúvida a criatura brilhante, sim, a criatura que reluz em sua brancura. E agora a criatura inteira se ilumina. Não, não compreendo como é possível. Não é para compreender, é outra coisa, talvez algo que apenas se experimenta, que na verdade não está de fato acontecendo. No entanto, é possível apenas experimentar algo. Tudo que se experimenta, sim, é de certa forma real, sim, também compreendo isso, de certa forma. Mas isso não importa afinal. Porque ali está a criatura que reluz em sua brancura, e ali está o homem de terno preto, descalço na neve, ali, detrás da criatura brilhante, um pouco ao lado dela, e ali, atrás do homem de terno preto, entre ele e a criatura brilhante, lá estão, sim, lá estão meus pais, minha mãe e meu pai, agora ambos estão ali de mãos dadas. Seus braços pendem formando um V entre eles. Sim, são eles mesmos. São os meus pais. E estão olhando para mim. Diretamente para mim. E agora vejo que o homem de terno preto está se virando para eles, na direção dos meus pais, mas eles não parecem notá-lo, continuam com o olhar fixo em mim. Mas não dizem nada. Talvez eu devesse dizer alguma coisa para eles. Mas o que devo dizer. Não sei o que dizer. Nunca soube, mas ainda assim alguma coisa deve ser dita, ou talvez nada precise ser dito agora. Pode muito bem ser. Seja como for, não digo nada e não pretendo dizer nada. Apenas permaneço sentado aqui. Sentado na pedra redonda, e agora vejo que o homem de terno preto começou a caminhar na direção dos meus pais. Ele caminha devagar, pé ante pé, na direção deles, descalço na neve. E agora não preciso e não quero dizer nada. Olho para o homem de terno preto, observo como ele se aproxima lentamente dos meus pais, minha mãe e meu pai, e é como se eles não o notassem, apenas olhassem para mim. Será que eles não podem parar de olhar para mim. Por que estão olhando para mim. Apenas para mim e nada além de mim. Será que não podem logo virar o rosto para outro lugar. Para o homem de terno preto, quem sabe. Sim, por que não é para ele que olham, ele que está se aproximando deles. Será que não percebem que ele está se aproximando. É como se fosse invisível para eles, sim, é como se eles não o vissem.

Será que querem que eu acredite que eles não o veem. Talvez seja isso, e talvez não seja isso. E isso porventura quer dizer alguma coisa. Seria uma coisa importante, afinal. Não, claro que isso não quer dizer nada. Agora o homem de terno preto chegou bem perto dos meus pais. Vejo que ele parou. Está parado olhando para eles. Sentado na pedra redonda, eu observo o homem de terno preto. O que está acontecendo. Onde estou, afinal, sim, estou na floresta, mas não é assim que as coisas são no meio de uma floresta, não é. O que está acontecendo. Então minha mãe olha bem para mim e diz: aí está você — e eu olho bem para ela e digo, sim, aqui estou eu — ela fica em silêncio e olha para meu pai e diz que eu estou ali, ali, naquela pedra, estou sentado numa pedra, naquela pedra ali, ela diz e aponta para mim, ou talvez teria apontado para a pedra, e ela pergunta se meu pai não está vendo, e ele responde que sim, está me vendo, ele vê que estou sentado numa pedra, ele diz, e de novo eles ficam em silêncio e minha mãe olha para mim e pergunta por que estou ali sentado, e por que não respondo quando ela fala comigo, não é assim que se faz, quando alguém lhe dirige a palavra se deve responder, ela diz. Eu digo: mas estou respondendo. E minha mãe diz: pois bem, finalmente você respondeu — e se cala de novo, e vejo que o homem de terno preto vai até minha mãe e segura na outra mão dela, e eis que ali está minha mãe, que dá uma das mãos ao homem de terno preto e a outra a meu pai, e agora eu vejo, sim, que tanto minha mãe quanto meu pai estão ali com os pés nus na neve, até eles estão descalços, e não estariam agora vindo lentamente até mim, sim, estão, bem devagar, com passinhos curtos eles vêm caminhando até mim, e é o homem de terno preto que os conduz, sim, agora eu vejo que a criatura branca também está lá, mas ela agora não está em lugar nenhum, ela existe apenas como uma luz em volta deles, sim, é como uma luz em volta deles, uma luz tão forte que mal é possível vê-la, no meio da floresta negra há uma luz em volta do meu pai e da minha mãe e em volta do homem de terno preto, uma brancura cintilante os envolve, sim, é como se um campo de luz viesse caminhando lentamente na minha direção e minha mãe diz que agora eu tenho que ir, porque não posso ficar sentado nessa pedra, ela diz, e eu penso no que ela está querendo dizer, que agora preciso ir, devo levantar, penso, e então ouço minha mãe dizer mais uma vez que não posso ficar sentado nessa pedra, que preciso levantar e ir, ela diz, e eu levanto e dou uns tímidos passos à frente, e olho para baixo, e vejo que eu também agora estou descalço, e é estranho, porque não lembro ter tirado os sapatos, mas estou descalço, certeza. E fico ali parado olhando meus pés nus pisando a neve, não, não entendo isso, eu penso, porque não tirei os sapatos, certeza, ainda mais nesse frio, mas são tantas as coisas que não compreendo, por que estou nesta floresta, por exemplo. Por que saí do meu carro e entrei na floresta, não, não faz nenhum sentido, e ouço minha mãe de novo dizer que preciso ir, eu não devo, não posso, ficar ali parado diante daquela pedra, ela diz, e dou mais um passo para a frente e mais outro e então o homem de terno preto estende a mão, ele estende a mão para mim e eu olho para ele e não consigo ver seu rosto, é como se ele não tivesse rosto, apenas um vazio no lugar onde deveria estar o rosto, e seguro sua mão estendida, e então percebo que estou dentro da luz branca e brilhante que agora mais parece uma névoa iluminada, mas de uma luz tênue, e nada está claro, sim, é como se eu estivesse envolto por uma espécie de claridade, e então o homem de terno preto começa a caminhar lentamente, é como se ele estivesse saindo da floresta, mas para onde, não sei dizer, mas não há mais árvores à vista, nem neve, isso é muito estranho, eu penso, e olho para cima, e nem a lua, que estava tão redonda e amarela, nem as estrelas estão mais visíveis, é como se caminhássemos pelo ar, sim, é estranho, e a mão do homem de terno preto não está nem quente nem fria, e é como se os meus pais estivessem e não estivessem presentes, e é como se caminhássemos em pleno ar, sim, sim, em pleno ar mesmo, e nem parece que estamos caminhando, mas estamos nos movendo enfim, sim, de alguma forma nos movemos, e é um pouco como se eu não fosse eu mesmo, mas como se agora fizesse parte da criatura luminosa, que de algum modo não está mais brilhando em sua brancura, mas como se já não fosse mais uma criatura, mas apenas estivesse lá, sim, como apenas uma presença, e palavras como luminosa, como brancura, como brilhante, deixassem de fazer sentido, sim, é como se tudo já não fizesse sentido, e como se o sentido, sim, o sentido já não existisse, porque tudo apenas é, tudo é sentido, e nós não caminhamos mais, é como se tivéssemos parado de nos mexer, como se nos movêssemos sem movimento, e eu já não enxergo mais, é como se tivesse adentrado uma zona cinzenta que me envolve, sim, que envolve tudo que existe, mas nada mais existe, sim, é como se tudo estivesse envolto em cinza e nada existisse e então, de repente, estou envolto numa luz tão forte que não é uma luz e não, não pode ser uma luz, é um vazio, um nada, e, sim, agora a criatura luminosa está bem diante de nós, sim, a criatura que reluz em sua brancura, e ela diz venha comigo, e então vamos com ela, lentamente, passo a passo, respiração a respiração, o homem de terno preto, aquele que não tem rosto, eu, minha mãe e meu pai, caminhando descalços rumo ao nada, respiração a respiração, e de repente já não mais respiramos, apenas a criatura brilhante e reluzente ilumina um nada que respira, que é o que agora respiramos, em sua brancura.

Esta tradução foi publicada com o apoio financeiro da NORLA, Norwegian Literature Abroad.

A marca FSC® é a garantia de que a madeira utilizada na fabricação do papel deste livro provém de florestas gerenciadas de maneira ambientalmente correta, socialmente justa e economicamente viável e de outras fontes de origem controlada.

Copyright © 2023 Jon Fosse, Samlaget
Publicado em acordo com Winje Agency e Casanovas & Lynch Literary Agency
Copyright da tradução © 2023 Editora Fósforo

Todos os direitos reservados. Nenhuma parte desta obra pode ser reproduzida, arquivada ou transmitida de nenhuma forma ou por nenhum meio sem a permissão expressa e por escrito da Editora Fósforo.

Título original: *Kvitleik*

EDITORA Juliana de A. Rodrigues
EDIÇÃO Maria Emilia Bender
ASSISTENTE EDITORIAL Millena Machado
PREPARAÇÃO Mariana Donner
REVISÃO Eduardo Russo e Andrea Souzedo
DIRETORA DE ARTE Julia Monteiro
CAPA Denise Yui
PROJETO GRÁFICO Alles Blau
EDITORAÇÃO ELETRÔNICA Página Viva

Dados Internacionais de Catalogação na Publicação (CIP)
(Câmara Brasileira do Livro, SP, Brasil)

Fosse, Jon
  Brancura / Jon Fosse ; tradução do norueguês Leonardo Pinto Silva. — 1. ed. — São Paulo : Fósforo, 2023.

  Título original: Kvitleik
  ISBN: 978-65-84568-88-4

  1. Ficção norueguesa I. Título.

23-172651   CDD — 839.823

Índice para catálogo sistemático:
1. Ficção : Literatura norueguesa   839.823

Aline Graziele Benitez — Bibliotecária — CRB-1/3129

Editora Fósforo
Rua 24 de Maio, 270/276, 10º andar, salas 1 e 2 — República
01041-001 — São Paulo, SP, Brasil — Tel: (11) 3224.2055
contato@fosforoeditora.com.br / www.fosforoeditora.com.br

Este livro foi composto em GT Alpina
e GT Flexa e impresso pela Ipsis em papel
Pólen Bold 90 g/m² da Suzano para a
Editora Fósforo em outubro de 2023.